周忍星 著

忍星截句

截句詩系 12

25

臺灣詩學 25 週年 一路吹鼓吹

【總序】
與時俱進‧和弦共振
——臺灣詩學季刊社成立25周年

蕭 蕭

　　華文新詩創業一百年（1917-2017），臺灣詩學季刊社參與其中最新最近的二十五年（1992-2017），這二十五年正是書寫工具由硬筆書寫全面轉為鍵盤敲打，傳播工具由紙本轉為電子媒體的時代，3C產品日新月異，推陳出新，心、口、手之間的距離可能省略或跳過其中一小節，傳布的速度快捷，細緻的程度則減弱許多。有趣的是，本社有兩位同仁分別從創作與研究追蹤這個時期的寫作遺跡，其一白靈（莊祖煌，1951-）出版了兩冊詩集《五行詩及其手稿》（秀威資訊，2010）、《詩二十首及其檔案》（秀威資訊，

忍 星 截 句

2013），以自己的詩作增刪見證了這種從手稿到檔案的書寫變遷。其二解昆樺（1977-）則從《葉維廉〔三十年詩〕手稿中詩語濾淨美學》（2014）、《追和與延異：楊牧〈形影神〉手稿與陶淵明〈形影神〉間互文詩學研究》（2015）到《臺灣現代詩手稿學研究方法論建構》（2016）的三個研究計畫，試圖為這一代詩人留存的（可能也是最後的）手稿，建立詩學體系。換言之，臺灣詩學季刊社從創立到2017的這二十五年，適逢華文新詩結束象徵主義、現代主義、超現實主義的流派爭辯之後，在後現代與後殖民的夾縫中掙扎、在手寫與電腦輸出的激盪間擺盪，詩社發展的歷史軌跡與時代脈動息息關扣。

　　臺灣詩學季刊社最早發行的詩雜誌稱為《臺灣詩學季刊》，從1992年12月到2002年12月的整十年期間，發行四十期（主編分別為：白靈、蕭蕭，各五年），前兩期以「大陸的臺灣詩學」為專題，探討中國學者對臺灣詩作的隔閡與誤讀，尋求不同地區對華文新詩的可能溝通渠道，從此每期都擬設不同的專題，收集

專文，呈現各方相異的意見，藉以存異求同，即使
2003年以後改版為《臺灣詩學學刊》（主編分別為：
鄭慧如、唐捐、方群，各五年）亦然。即使是2003年
蘇紹連所闢設的「臺灣詩學・吹鼓吹詩論壇」網站
（http://www.taiwanpoetry.com/phpbb3/），在2005年
9月同時擇優發行紙本雜誌《臺灣詩學・吹鼓吹詩論
壇》（主要負責人是蘇紹連、葉子鳥、陳政彥、Rose
Sky），仍然以計畫編輯、規畫專題為編輯方針，如
語言混搭、詩與歌、小詩、無意象派、截句、論詩
詩、論述詩等，其目的不在引領詩壇風騷，而是在嘗
試拓寬新詩寫作的可能航向，識與不識、贊同與不贊
同，都可以藉由此一平臺發抒見聞。臺灣詩學季刊社
二十五年來的三份雜誌，先是《臺灣詩學季刊》、後
為《臺灣詩學學刊》、旁出《臺灣詩學・吹鼓吹詩論
壇》，雖性質微異，但開啟話頭的功能，一直是臺灣
詩壇受矚目的對象，論如此，詩如此，活動亦如此。

　　臺灣詩壇出版的詩刊，通常採綜合式編輯，以詩
作發表為其大宗，評論與訊息為輔，臺灣詩學季刊社

則發行評論與創作分行的兩種雜誌，一是單純論文規格的學術型雜誌《臺灣詩學學刊》（前身為《臺灣詩學季刊》），一年二期，是目前非學術機構（大學之外）出版而能通過THCI期刊審核的詩學雜誌，全誌只刊登匿名審核通過之論，感謝臺灣社會養得起這本純論文詩學雜誌；另一是網路發表與紙本出版二路並行的《臺灣詩學‧吹鼓吹詩論壇》，就外觀上看，此誌與一般詩刊無異，但紙本與網路結合的路線，詩作與現實結合的號召力，突發奇想卻又能引起話題議論的專題構想，卻已走出臺灣詩刊特立獨行之道。

臺灣詩學季刊社這種二路並行的做法，其實也表現在日常舉辦的詩活動上，近十年來，對於創立已六十周年、五十周年的「創世紀詩社」、「笠詩社」適時舉辦慶祝活動，肯定詩社長年的努力與貢獻；對於八十歲、九十歲高壽的詩人，邀集大學高校召開學術研討會，出版研究專書，肯定他們在詩藝上的成就。林于弘、楊宗翰、解昆樺、李翠瑛等同仁在此著力尤深。臺灣詩學季刊社另一個努力的方向則是獎掖

青年學子，具體作為可以分為五個面向，一是籌設網站，廣開言路，設計各種不同類型的創作區塊，滿足年輕心靈的創造需求；二是設立創作與評論競賽獎金，年年輪項頒贈；三是與秀威出版社合作，自2009年開始編輯「吹鼓吹詩人叢書」出版，平均一年出版四冊，九年來已出版三十六冊年輕人的詩集；四是興辦「吹鼓吹詩雅集」，號召年輕人寫詩、評詩，相互鼓舞、相互刺激，北部、中部、南部逐步進行；五是結合年輕詩社如「野薑花」，共同舉辦詩展、詩演、詩劇、詩舞等活動，引起社會文青注視。蘇紹連、白靈、葉子鳥、李桂媚、靈歌、葉莎，在這方面費心出力，貢獻良多。

臺灣詩學季刊社最初籌組時僅有八位同仁，二十五年來徵召志同道合的朋友、研究有成的學者、國外詩歌同好，目前已有三十六位同仁。近年來由白靈協同其他友社推展小詩運動，頗有小成，2017年則以「截句」為主軸，鼓吹四行以內小詩，年底將有十幾位同仁（向明、蕭蕭、白靈、靈歌、葉莎、尹玲、黃里、方

群、王羅蜜多、雲朵、阿海、周忍星、卡夫）出版《截
句》專集，並從「facebook詩論壇」網站裡成千上萬的
截句中選出《臺灣詩學截句選》，邀請卡夫從不同的角
度撰寫《截句選讀》；另由李瑞騰主持規畫詩評論及史
料整理，發行專書，蘇紹連則一秉初衷，主編「吹鼓
吹詩人叢書」四冊（周忍星：《洞穴裡的小獸》、柯
彥瑩：《記得我曾經存在過》、連展毅：《幽默笑話
集》、諾爾・若爾：《半空的椅子》），持續鼓勵後
進。累計今年同仁作品出版的冊數，呼應著詩社成立的
年數，是的，我們一直在新詩的路上。

　　檢討這二十五年來的努力，臺灣詩學季刊社同
仁入社後變動極少，大多數一直堅持在新詩這條路上
「與時俱進・和弦共振」，那弦，彈奏著永恆的詩
歌。未來，我們將擴大力量，聯合新加坡、泰國、馬
來西亞、菲律賓、越南、緬甸、汶萊、大陸華文新詩
界，為華文新詩第二個一百年投入更多的心血。

2017年8月寫於臺北市

【代序】

周忍星

　　由詩人白靈老師提出出版「截句詩集」的構想，他說：「一方面為慶祝年底【吹鼓吹詩論壇】25週年社慶，一方面呼應本社二十多年來推動的小詩運動，且對此運動（『截句詩』）有加分作用，亦即小詩形式及名稱越多樣，越有助小詩的能見度。『截句』一詞基本定義4行以內，可新創、也可截自舊作，陳年舊詩或可獲新生。這也比過去臺灣認定的10行以內小詩、乃至斷續流行的一行詩、三行俳句，更具彈性（1～4行均可），但更易為也更難工，對詩人具挑戰性，卻有助挑起庶民的創作慾。」

　　筆者身為【吹鼓吹詩論壇】社員一份子，定當響應白靈老師的構想；此舉不但深具意義，亦能測試自己「截長取短」的能力。誠如白靈老師所言，此一形式的短詩，「更具彈性（1～4行均可），但更易為也更難工，對詩人具挑戰性，」。而筆者個人，非常喜歡挑戰「限制性作文」，亦即限制越多，線索極少的情況之下，更想窮盡一切「洪荒之力」，盡力達成目標，享受創作／創意的甜美果實。

　　這本「截句選集」中，一共收錄了筆者新創「截句」計116首，分為五輯，分別為輯一【愛的詰問】、輯二【愛的墓誌銘】、輯三【愛的挽留】、輯四【詩是什麼】、輯五【讀報截句】。另外自陳年舊詩編為輯六【舊情新截】「截句」所得小計40首。如此一來，兩項六輯加總共得「截句」156首。

　　有人批評直接稱小詩／微型詩即可，為何還要再創一個新名詞「截句」呢？筆者認為，這一個因是有別於短詩、小詩、微型詩的名稱和內涵，所發展出來的新興詩種。也有一種說法，古時候的「絕句」即

是今日的「截句」前身。不管如何，使用現代社會人類風俗民情的語言（不是機器人小冰的詩語），截取其中的精華切片，安妥在一個立體時空之中，縱觀橫覽，表情達意，以有限精要文字寓託無限感懷詩意，筆者想，這恐怕才是「截句」的精神內涵之所在吧！

忍星截句

目　次

輯一｜愛的詰問

輯二｜愛的墓誌銘

輯三 ┃ 愛的挽留

輯四｜詩是什麼

輯五 ┃ 讀報截句

輯六 | 舊情新截

愛的詰問

1. 鞭炮的詰問

我炸開自己身世

命運在你嘴裡咀嚼驚嘆

夜，牽著迷途羔羊跳躍夢境邊陲

可否導引剩餘火藥燭光成一整座星空？

2. 旋轉咖啡杯的詰問

旋轉快樂之後，你喜歡

看我瞬間摩擦背叛飆離的笑容

還是朝你緩緩運送回頭

奔來的冷漠？

3. 記憶的詰問

吃了一輩子的青草

卻不知道

自己的肉

尚青

4. 二元一次方程式

愛，要我代入你
你說你是恨的平方
那麼，代入恨呢？
無解的，愛。

5. 真相

從霧裡傳出爭吵聲

誰用陽光　一剪

花和蜜蜂　碎成兩　岸

6. 臥軌

就這麼輕易地，字躺了下去。
詩，轟轟駛來，沒有一點雜音。

兩岸風景夾敘夾議
把遠方抒情輾成出谷黃鶯。

7. 臥底

你開公車司機玩笑
他警告你，中途詩，不可站起來吼！

抱歉：我是監詩站稽查員
長詩截成短詩，意象逃漏照抓不誤。

8. 法門

唸了一金山的
經，我的詩仍空濛如霧，難掩貧窮
瘦骨的仙氣
待妳尾隨收攏，綿延浸透的梵音。

9. 閘門

放開，那一尾意象
活潑地啪了湖面
一巴
陽光掌心！

忍星截句

10. 見識

終於見識到你的博學多聞

讓我的詩，生長不少見識萌芽

你暗諷我的淺碟見識

我大笑：不與你的詩評一般見識。

11. 紙飛機

摺了它，就有飛翔的欲望
射了它，卻希望它永不降落

如果，我把思念摺了又射了
你，會不會收到？

12. 氣密窗

打開，呼吸你
關上，我呼吸

窗外有藍天時
我們隔著透明，同步呼吸。

13. 電擊棒

誰偷走水的意象，從黑夜
屁下譬喻不全屎溺

煽動疑雲高峰修辭，又是誰急下凡
掌摑，水田翻拍鱗鱗月光。

14. 按摩棒

我放空，詩也放空
你的文字是唯一
插入萬有的
閃！電！

15. 磊

一顆石頭，窩在腸子裡孤獨
兩顆硬碰硬，磨損友誼
三顆成奇蹟，藏在品格後面
看不見的，迷你風景。

16. 裂

你從頭，我從尾

合力

將一首詩

挖鑿成　大江大海

17. 脫貧

你早年崇尚節儉
晚年連告別的話，也剩下一只
空白包。還指望我
救你，從火海中浴火重生！

18. 佛曰三

你藏好你的遺忘法器了嗎

腐爛和生蛆皆立誓
悲願捨身釉綠其形　烈火其聲

存一滴清明，光普照大千。

※「遺忘法器」、「腐爛和生蛆」
　皆詩人許悔之的詞語，不敢掠
　美，特此說明。

19. 耳環

偷聽了一些有關於我的
風言風語，綁成一束精巧
懸掛在洞穿黑髮的簷廊
你一呼息，月色便盪來一陣觳觫……

20. 耳洞

裸露的罪惡凹陷。發光。透明。

你　嵌入緘默的　孔雀

讓我　慾望開屏！

21. 一隅

我安靜無聲地舔著，時間一隅。

你慢慢舒展開內心的祕密

直到我把你輕輕闔上

詩，跳出來，趴成一隻臥貓。

22. 一瞬

很喜歡浩瀚，夢想被宇宙拉著航行。

當我正要想你

詩，立即光速升空。

23. 犖

想像一座大山眼前

的巍峨，有人用胸襟去匡扶

有人遣水泉去滌愁，渺小如我

只想用翠綠，拉著你到我的明窗下，教我寫詩。

24. 人孔蓋

不喜歡胎紋紋身

不喜歡地下道燻烤

喜歡唯一的，卡住

我笑穴的那一根。

25. 馬桶蓋

自以為你快樂宣洩

不必善後，祕密

沖下永久封存祕密之前

蓋上，便，祕。

26. 兩難

於你，記憶是活的美

我輕輕採摘她的

嫩葉，搓揉之下

清新與苦澀同時，咬了舌尖。

27. 兩造

記憶的美，常傾倒於你一瞬

不怎麼疼惜美的，我

卻常把美，弄擰了一時

要你為醜，付出一輩子的生死疲勞。

※深夜讀 張亦絢《永別書》有感

28. 巷戰

這麼窄的身子鑽探，時間井深。
不斷　被花香打洞，被洗牌聲
穿腦。被三三兩兩的狗叫
撕碎成　一地廢墟陽光。

29. 地下樂團

寂靜，被敲出一個大洞

詩沿著水聲，遁走

我們亢奮失歡的情緒

炸成朵朵水窪　漣漪無數……

30. 大字報

把眼睛看成一種戲謔

你們的笑，拉扯我自卑的綻線。

再怎麼野蠻的快樂

也要在悲傷草原上　俯首認罪

31. 戒色

塗滿一生空白
上色上色再上色

給記憶補妝
時間，卻化妝逃逸。

忍^星_截句

愛的墓誌銘

1. 墓誌銘①

花香和人氣築城
唯一的堡主，是我
的詩。

2. 墓誌銘②

寂寞，躺在這裡很久了

請趕快來

快閃！打卡！

發微信給我～～

3. 墓誌銘③

生和死在此

共築愛巢

只是，人

飛不出去了……

4. 宿願

日子擱久了總有

發酵的字句

我捏取一小糰

揉成平鋪直敘無詩的，你。

5. 造化

你看溪石的紋路多像
被火紋身後，一種時間胎記
不斷放大，也不停吶喊沉默
終於聲嘶成胸口的　一顆痣。

6. 遺像

揮一揮灰塵

影子，拔地而起

往事一壓

笑聲奪鏡碎散

7.福馬林

那笑容，浸泡了好多年

沒有一絲皺褶

眼睛四周，看不到嬰兒

睜開童年的痕跡

8. 倒反

我醒著

你用黑夜吵我

我睡了

你用光明撓我

9. 冰比冰水冰※

我，融化之前

嘗盡百火千苦

為了鍛造

以柔克剛的，你

※是武俠小說家古龍所說過的
　上聯名句

10. 蝕

我不是桑葉也不是月亮
我只是一粒
被時間排出的
黑影 ●

11. 啃

蘋果放棄骨肉

只為了滿足

你凌厲的

愛

忍星截句

12. 鐵粉

你散發無與倫比

磁力，不會生鏽的

愛

吸附我一生漩渦似的黑

13. 淨灘

你們留下瘋言浪語

撿拾不完，我的累

全丟給詩碟

消磨足下凹凸不平的死亡。

14. 押花

愛的養分被榨乾

你笑著說，一輩子的

眼淚都還給

未出土的春天了

15. 配件

輸掉半座心海
不可一世的臉輪轉今世的命盤

霓虹燈閃閃熾熾
一地穢物，我的青春羽翼樑柱都遭風化

16. 病癥

我在這則笑話身上
看到一個小破洞

有你揮汗灑淚
的背影，涼涼的躺在柏油路面。

17. 國道上的春天

你傳來一則訊息
動物生存法則與國道安全
槓上之後，蝴蝶集體斷翅
讓柏油路上躺滿紫色的春天。

18. 義肢

隨時可拆解，你的言語
曾經健步如飛，光芒鋒利，
如今，等待悄無人聲才微微聽到
金屬卸下暗沉的，歎息。

19. 義氣

說好，詩不要稱斤論兩。

成綑的處女詩集，蹲在騎樓
坦露廉價的，胸襟。

20. 義舉

霧，終於解下羅衫
自你折返的小徑

陽光挺身黏合
昨夜沿路破碎四散的，雙雙儷影。

21. 懼高症

我攀登大廈頂樓了，汗雨
用雙腳，11行的速讀寫詩。

你待在馬路上仰望
看著我的詩，渾身不停抖動顫慄……

22. 醃

這缸陰陽關係

風味維持百年

誰用銀筷，試毒撈取

虛空的不存在

23. 癮

死灰。復燃……

24. 甕

身體是瓷音清朗
裝載海的灰燼
潮音是酒香撞壁
壯烈成千古詩句

25. 逮捕

你盜用我詩的
名諱，某詩人心愛的珍藏
從來不公開的
祕密，從此手鐐腳銬過一生。

26. 改革者

害怕自己的樹根，抓爛泥
土石流沖垮英武聖殿

一樣的月光，鑽蝕刻鏤國家森林
不一樣的樹洞風華。

27. 被改革者

金雞母下蛋了！

一顆一顆暗藏無窮

機關，自己無法破解

仰賴英明政府　重創劈砍精剖抓漏！

28. 預像①

過去，你走在我前面

未來，跟在我後面。

你不停回首微笑，連淚，都忍不住

親吻我眼中瘦小的，你的時代塑像。

29. 預像②

機器人幫我註了冊

輸入我姓名、年齡、國別和血型

結果完全不符合外星人

寫詩的資格

30. 佛曰四

墜落。礦坑採煤車
煞不住，累世暗黑因緣
汝等　時間之窯變
再做燃芯的，煤。

31. 戒菸

尼古丁喊窮

日子叫苦

薪水剝削菜價

繆思，被我押送戒護治療。

愛的挽留

1. 挽留①

距離縮短了，這城市
清道夫掃一整座市容
掃除了黑夜寧靜。還有某首翻飛
的詩，人與狗吠爭食，一些文字幽靈。

2. 挽留②

去他的，詩角質！
你在鏡前起誓：
我天天敷臉營養文字
青春美麗，剛新鮮出土的樣子。

3. 嫉妒

你的飛行指數總是
太低，貼近人心
濺起仇恨的泡沫
撞毀堅固友誼

4. 鹹魚好無助[※]

鹹魚，等待翻身

無奈操盤炒手

只會熱鍋炒菜，不會冷灶

煎無私無欲的魚

※詩題取國民黨黨主席五位候選
　人姓名的諧音「賢瑜郝吳柱」

5. 位置

挪　動

空　缺

黑　白

黑空缺白，生動　命挪。

6. 毫末

筆鋒尖銳

剜下，詩

一滴，醉成

時間之海……

7.女兒紅

等百年釀好

這一罈青春

我再將百年

好合，送妳喝下。

8. 即興之作

綠，踩在紅花之上
那旮旯角的春

只好萎靡一園子
繽紛亂顫的，月影。

9. 有信

魚，咬碎天光雲影

還給你

一湖白芒搔更短的雁唳

10. 有人

腳步聲拉著黑夜

刷洗寂靜

月，輕搖蒲扇

趕集禪房外急急奔走的流螢

11. 有愧

我討厭蜜蜂

我恐懼黑暗

卻躲在詩的夜核裡

賣力吸吮甘甜的黎明

12. 不可抗力

線頭走到這裡，打結
剪不斷，曾經愛的流涎
除非你縮回去
舔遍我全身針孔的，舌尖。

13. 鐘點工

睡眠日日掙扎與我
我與現實秒秒計算

最後，還是拖不動
人生這塊隕石

14. 舉牌工

我舉著你們的房子車子孩子
共同呼吸都市的風景
如果房子車子孩子，你們哪一天
走下來，我也必須走出風景。

15. 謎

我想努力撥開
沉重的黑夜

你甜柔的鼾聲，趁隙
擠了進來

16. 謎

鼾聲，說法
總叫人參不透

等天一亮，禪
就悟成金黃鳥鳴。

17. 彌

我想彌補妳生前

韻律如歌的，鼾聲

卻找不到昔日

青春的旋律……

18. 居酒屋

促酒妹快速端來兩瓶清涼
回憶，還冒著凌晨一點的慢活氣泡
興奮搭配剛剛好從吧臺撿來的串燒微焦

我是一隻掩口鼻不停奔跑繞圈的　籠中鼠

19. 更深朗讀會※

我把雪，唸黑了
比外面的夜，還黯。

你們靜靜拴住眼淚
不讓風吹薄　夜的姿色……

※看完今天《聯副》黃梵文章〈羅
　派特現象〉有感

20. 點●燃

埋藏深的，詩一點
引爆枯木新芽
燃放野曠苟合的
春天

21. 幽門

文思營養從口入

還沒消化吸收

的詩，付予幽靜斷腸人

餵給瘦馬和西風，繼續咀嚼。

22. 掌風

我們隔了幾世幾代

你的恨意被風扛過來

正好，壓在我坦蕩的胸口

讓愛臨盆。

23. 輕功

你在竹尖風上踩踏
一種自在，被陽光洗練過
獨行江湖波瀾的，漣漪。

24. 傾訴

要等到愛情風乾的時候
還是淚水暴洪的剎那
結果都是一樣

許願池需要清空。

25. 宿便

沉痾，醞釀多時
五味豈能攪痛衷腸

一小段插曲便能
通透暢快人生

26. 宿醉

未醒，一根棉線
昨夜點燃的
光明，還沉睡在
愛的燈油裡。

27. 森

吸飽了鬼氣
你才不情不願牙齒顫慄

神木吐出芬多精
童話，永遠幸福年輕。

28. 瓶蓋

打開了……
運氣，洩光。

「再來一罐」
未知的命運

29. 相逢

我把雲

全倒在湖裡

讓　漂泊

也有了，家。

30. 吻

我在鏡前垂釣

你在鏡中擺尾舞弄清影

我釣到你的眼神

活蹦亂跳，螫了我紅通通的臉。

31. 肉搜

跋涉許多胴體
有些足印比雲腳輕

陽光都褪下羅衫
覆蓋妳，陰暗的名字。

32. 脫帽

我給別人戴了一生

高帽子

輪到死亡時，他把帽子脫掉

還給我，向我的一生，驕傲致敬。

33. 肖像①

我看著水面映襯你雪後
溶溶的雙眼，曾經攢入一盞黃昏
不敢走太遠太長的，三春暉。

34. 肖像②

其實，你知道
這個難題實在無解
你還是用了我的方法
嘗試，錯愛幸福一生。

35. 洄游

你的字字句句又游回我心湖

愛之斑斑，恨之點點

全群落在此　孵育

宇宙的星群° ○° ° ○○° ° ° ○○○

36. 佛曰一

可說。可不說。

你在桑樹之顛，釀人生之蜜。

偶有撲火之蛾

路過。拍落點點紅塵微苦入蜜……

37. 佛曰二

不可說。你卻把

燭火飄搖視若無明

我在其中燃燒，燃燒身耳鼻心意。

一隻燈蛾，產下遍地舍利。

輯

詩是什麼

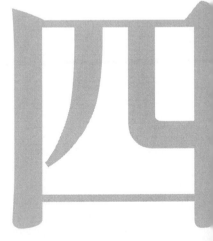

四

1. 廣陵散餘音

豈止繞樑，我和你糾扭始終

如蟠龍穿透雲天

捕捉眼中影像之漫漫

曦光

2. 傷口

不大不小，且深且廣

剛好容納

時間的絮叨

3. 芬多精

當你的眼睛走進

我的詩

第一聲啁啾跳進，跳出

激濺陽光的吻痕

4. 撲滿

好的壞的健康的殘缺的
你，都吞下飽足一肚子
鳥氣

在最適當時機釋放　春天的鳴叫

5. 密室

外面竊竊私語想衝撞
我的詩，氧氣充足密不透風

怕你們變成蚊蚋
針破　呼吸的真相

6. 密語

我翻譯拆解除霜刮鏽

你，文風不動。

裂縫有的，是假花，指涉歧路花園

開滿永不凋謝的　祕密。

7. 眼袋

詩，泡了夜之後
密室漲潮
一句一句密語
忍不住，潰堤。

8. 老菸槍

一不抽，文字緊咳嗽
意象無法噴雲
吐霧，只能用眼睛擦拭
兩行潮濕的　風景。

9. 群聚自由廣場上的鴿子

你拋灑沾滿陽光

麵包屑，有熱情革命的味道

我一啄

詩，拍擊陰影不斷飛起……

10. 絕塵而去的風

你的聲音留下，纏綿留下
文字因此繾綣裹身
詩破蛹，色彩高度飛翔

斑斕蛻化無色相的　騰雲。

11. 不設防的幽默

扒開笑穴，讓我的詩

戳刺你遲鈍僵硬

的痛點疆域

雖然，細胞集體逃亡晚了五分鐘。

12. 字句的魂魄

敲醒晚鐘。祈禱繆思

寧謐坐鎮紙上

動盪殺伐的白天

心旌，風雨招降阡陌靈躍的蛙鳴。

13. 巢中幼雛

枝幹撐起我的家
你們啣來風雨修飾後的
寧靜，哺育我
我舔濕詞句待晨光翻新羽喙

讀報截句

1. 指尖，旋轉快樂

指尖就可以

安裝迷你扇葉

不必插電，輕輕一撥

最夯的快樂，旋風似到達指尖。

#2017-06-19 15:30:12　聯合新聞網：
　指尖陀螺夯　家長輕鬆DIY好棒棒

2. 嗜錢如命

我比人還愛錢。

我喜歡鈔票散發無比肉香

對你搖尾乞憐，請你配合交出

無法出關的，保命錢。

#2017-06-29 16:01:11　聯合報影音中心新聞：
「牠」嗜錢如命　小心機場緝鈔犬出沒

3.矮額，香港發霉了！

最近，觀光習慣不好

腳，常到香港摳門

得了歷史紅疹

以手遮掩大大的，不敬。

#聯合新聞網　〔元氣網〕2017-07-05　標題：
「矮額！他亂摳香港腳　摳到全身發霉」

有香港腳的人「千萬不要再摳了」，1名年約30歲的男子，上班返家總是習慣把襪子脫了就在沙發上摳腳，再抓一抓腳底板，一解香港腳的不適感，但他並沒有立即洗手，而是又摳摳耳朵、挖挖鼻孔、摸摸身體，沒過多久脖子、胸口都出現一塊塊的紅斑，就診才發現原來是「身體發霉了」。

4. 瓶裝，人生防腐劑

聚會，口渴或笑中帶淚

都需要扭開

人生瓶裝水，咕嚕咕嚕喝下

無菌的　有遺憾晃漾的親情。

#聯合新聞網　〔元氣網〕2017-06-22　標題：
「加防腐劑？瓶裝茶為何保存期限可以那麼長」

因為瓶裝茶的保存期限較長，也因此常讓它蒙受不白之冤，
許多人認為瓶裝茶加了防腐劑，其實這真的是天大的誤會！
讓瓶裝茶可以保存長長久久的原因，並不是因為添加防腐
劑，而是仰賴加工製程時的「滅菌」。

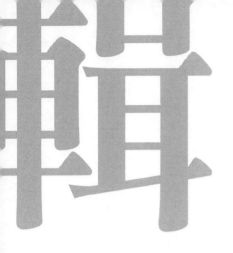

舊情新截

1.〔截句〕落地窗

我的思念不停摩擦窗外

世界的黑

這一屋子的寂寞，尺寸精準

連我的呼吸都密密縫在　窗紗裡。

原詩

昏黃的嘆息

我看見妳，透明地走進來

晦暗地飄出去

回憶，無聲降落在此

我的思念不停摩擦窗外

世界的黑

再丈量這一屋子的

寂寞，尺寸精準

格局方正

連我的呼吸都密密縫在　窗紗裡。

（2014.09　創世紀詩刊秋季號　180期）

2.〔截句〕聾耳

噪音，長出
飛不動的翅膀

我的思念需要
奮力拍擊，喧囂的想像。

原詩

噪音
在巨大的靜寂中
長出

飛不動的

翅膀

我的思念需要

時光

奮力拍擊

喧囂的想像

好追上妳的，呢噥軟語

（2015.03　創世紀詩刊春季號　182期）

3.〔截句〕天燈

我明亮的夢，冉冉升空……

終於，墜落的
是黑暗也捨棄不用
光明的，灰燼

原詩

我明亮的夢，冉冉升空……
拉拔我和妳
攜手俯瞰人間的
小小心願

終於，墜落的

是黑暗也捨棄不用

光明的

灰燼

（2013.09　海星詩刊秋季號　第9期）

4.〔截句〕試紙

我時而酸紅，時而鹼藍

心靈本色甘願

為你改變

破殼而出的　晨曦？

原詩

碰到你陰晴不定

我時而酸時而鹼

甘願為你改變

心靈的本色

如果藍一點，你會不會

願意把天讓給我

好好漂白自由的，雲？

（有些雨腳，放棄污濁大地）

如果紅一些，你肯不肯

放棄彩霞的尊貴

潛逃，回到星夜的版圖

甘心成為銹蝕黎明前

破殼而出的

晨曦？

（2014.06　海星詩刊夏季號　第12期）

5.〔截句〕寂寞拍賣師

妳深知我拍賣不了
空蕩蕩的，寂寞

全部併吞我的餘生。

原詩

我拍賣一輩子的畫
那些雲影，笑靨以及
淡淡的離愁
儘管尺幅千里

縮影的人生切成

片片霞光，最後

都能一一收攏在我的定槌下

天價賣出

我的密室封藏

所有世紀美人的回眸一笑

她們白天高掛雲端

互別嬌羞的端容

晚上與我就著美妙樂音

互吐重逢的衷曲

曾經，誰也闖不進我們的

祕密國度

誰也帶不走任何我

的無價之寶，除了妳

妳深知我一生唯一

拍賣不了的

就是空蕩蕩的

歡愉……

那些美人，妳全數偷走

獨留富可敵國的

寂寞，讓我餘生靜靜擁有。

附記：此詩根據一部電影《寂寞拍賣師》的情節寫就，孤
　　　獨、自負、頂尖的名畫拍賣師，終究得不到真愛而人
　　　去畫空；收藏大半輩子的世界名畫皆被所信任的好友一
　　　家，洗劫一空，獨留滿室的寂寞給男主角，慢慢品嘗。

（2014.09　海星詩刊秋季號　第13期）

6.〔截句〕巢

我剛努力練習閃躲

人類的風雨

打開鳥籠是為了

給我自由還是收回自由？

原詩

我剛努力從鳥巢奮力

飛向我的天空

翅膀還黏著你們

溼漉漉的叮嚀

還記得陽光篩漏的日子

我嗷嗷待哺，張嘴

搶吞第一道曙光

你們費盡唇舌

吃風喝雨，啣來人生的鷹架

布置專屬我的家

你們還教我閃躲

凶險，常在得意的鳴唱中

破音

擠壓脆薄的咽喉

人類啊

你們打開鳥籠

是為了給我自由

還是

收回鳥籠囚禁的

自由？

（2013.04　笠詩刊　第294期）

7.〔截句〕後門

門窄，毛利滾塞進去
門寬，油水從容游進
此門虛掩，記得用深更月色
輕輕敲門

原詩

這門，窄小的時候
錢還是可以豎立
滾進去；削一些毛利
塞進去

這門，寬大的時候
八人大轎也抬得輕鬆；連癡肥
肚腩，任憑油水晃盪亦能
從容游進
富裕權勢的渡口

只不過
此門虛掩的時候
記得用深更的
月色
輕輕敲門

（2013.12　笠詩刊　第298期）

8.〔截句〕拒馬

我們把整座草原帶來
黑色是你鋼鐵的英姿

推翻龍骨，染紅晨曦
我們站在草尖上，舞踊金黃巨浪

原詩

騷動不安的思想，到你面前
就完全停成一座懸崖？

我們把整座草原帶來

淹沒你馴養的民主

讓自由的風

穿透你圈禁的法治

儘管黑色是你

鋼鐵的英姿

你比白色恐怖還要恐怖

戳刺我們凱達格蘭的雄渾生命

吶喊正義獨立之聲

我們從不懼怕

鮮血染紅你飍飍的殺氣

雙手推翻你冰硬的龍骨

直到晨曦站在草尖上

舞踊成

金黃巨浪

（2014.06　笠詩刊　第301期）

9.〔截句〕紀實與虛構

文字翅膀下增加想像風阻
時間的舞碼揚起，典律鴿群
把未來的雲端記憶
啣回來，孵育。

原詩

我在文字翅膀下
增加一些風阻
讓想像適可而止
棲停於湖面時
不至於鋪排太多昨日

真實空飄的

雲絮

你樂見我的，飛姿

揚起時間的舞碼

點捺頓挫之間

有一種氣勢節奏

猶疑是否可以

完成歷史上

不朽的

典律

我始終在你的

想像之外，翱翔飛舞

總有一天

我的文字鴿群

會把未來的雲端記憶

啣回來

孵育

（2016.04　笠詩刊　第312期）

10.〔截句〕智庫

裝滿取之不盡的
庫存品通常
經濟外交國防種種問題
待價而沽，想像太平。

原詩

別問了，經濟問題
愛情從來比麵包耐嚼耐啃
你從那兒借來的麵粉和奶油
需要生活發酵，日子搓揉
才有一絲絲甜味，可能

還有棄之可惜的
理想渣渣

別傻了，外交問題
小島總是比岩礁傷眼傷神
你從那兒聽來的風聲和浪語
需要漁船開拓，軍艦捍衛
才有一點點驕傲，或許
還有自我滿足的
太平想像

那兒裝滿取之不盡的
庫存品

忍星截句

常常是腦力激盪下

待價而沽的，經典知識。

（2016.12　笠詩刊　第316期）

11.〔截句〕回憶

我與你對話
你走出銀幕孤獨和沉默
笑聲，噗哧回憶
撒了滿懷

原詩

我剪下你的背影
與電影銀幕裡的你
對話
光影始終吞噬我
眼裡的淚光

讓我看不清

你如何走出銀幕與我

用孤獨相擁，以沉默縫補

時光的空白

爆米花甜滋滋地

滾邊，我的唇

抿了笑聲一下

你的美好回憶

噗哧

灑了滿懷

（2013.03　吹鼓吹詩論壇　16號）

12.〔截句〕一束回憶

總喜歡黑，一束回憶
是擰不乾的海，吸不乾的天。
音量很大聲關不掉
卻把黎明　扭醒了！

原詩

我的老伴交給我一束
晚安前的回憶
大寶學走路，哭聲滴滴答答
好久她的枕頭都是

夢痕

一條條擰不乾的，海。

二寶學寫字，哭聲吱吱喳喳

常常她削的鉛筆全是

瘀青

一塊塊擦不掉的，山。

小寶學畫圖，哭聲淅淅瀝瀝

時時她調的色盤滿是

雪水

一團團吸不乾的，天。

這束回憶總喜歡黑

特別是她睡著的時候

音量開得很大聲

我想關掉卻把黎明

扭醒了！

（2013.09　吹鼓吹詩論壇　17號）

13.〔截句〕草泥馬傳單

我的評論，很藝術色情
還頻頻玩弄他們褲襠裡的，政績
他們把暴力美學拳頭似的塞進
面目猙獰我的　夢境。

原詩

上面清楚載明我的生辰，經歷與不明原因
的死訊。有點發霉和魚腥味，把記憶橫切數刀
翻面，有閃爍參差不齊的時光腐螢。

我待在文字獄很久了

他們一直拷貝我的評論，寫得很藝術色情那種

讓他們的道德血脈賁張，羞恥心腫脹暴肥

還頻頻玩弄褲襠裡的，政績

罵我褻瀆繆思，啐我敗壞藝教

卻在我仰望歲月的窗口上

貼了一張死亡的臉

把密不透風的，暴力美學

拳頭似的塞進

我面目猙獰的　夢境。

（2014.03　吹鼓吹詩論壇　18號）

14.〔截句〕24小時寵物用品商店

動物把哀鳴準備妥當

搖尾乞憐多多儲備

消夜不找零，贈送不打烊的我

你拎著我的孤單，微笑離開。

原詩

是的。動物不須睡覺：

把呦呦哀鳴準備妥當

搖尾乞憐的笑容多多

儲備，不急著縫製耐寒背心

愛心只有One Size

毛髮幾可亂真，缺了一根

啃不動但會噴香的

詩骨頭

你來。你進來！專屬你的夜店

腳步不必汪汪

咳嗽儘量喵喵

你隨時隨地發現

前一位客人的，電子寵物

乖乖趴在掃描器前

刷——刷——刷

消夜不找零

單筆消費滿三千

贈送寵愛你一生一世

不打烊的　我

你拎著我的孤單，微笑離開。

（2015.03　吹鼓吹詩論壇　20號）

15.〔截句〕分水嶺（理性版）

往前，黑暗多皺摺
奔後，光明少翻新

我們擎著知識火把
將文明背後轟然，照亮！

原詩

你知道
縱谷的切割從來不是
一朝一夕，一山一河

忍星_截句

我們獲邀

來到歷史貫穿的，所在

往前的，黑暗較多皺摺

奔後的，光明略少翻新

我們擎著知識的

火把，將文明背後

深披的黑暗

轟然，照亮！

（2015.06　吹鼓吹詩論壇　21號）

16.〔截句〕分水嶺（感性版）

我們看過愛情泡沫，不時盛開
與破滅。思念影子不斷
開花，結籽。沉靜安住我心
是未經丈量剪裁的，月光。

原詩

我們一同看過
感情橋下匆匆逝水
愛情泡沫，不時盛開
與破滅

你曾經掬一把
如何亮麗的
陽光，欣欣然
灑在佝僂的我
的背上，所有的思念影子
依序讓季節不斷
開花，結籽

於是最終飄落
沉靜安住我心的
不是巨大悲傷

而是，一大片一大片

未經二月春風丈量

剪裁的

月光。

（2015.06　吹鼓吹詩論壇　21號）

17.〔截句〕簑衣

我身上的廢墟

黑暗，一層一層開始

剝落。雨絲揚塵共同

繡好一件空洞　簑衣。

原詩

你在哪裡發現光

我身上的

黑暗，一層一層開始

剝落

快速地瀉
樓塌牆倒地毀

你還來不及
照亮
我的廢墟
揚塵裡紛飛的
雨絲
已繡好一件

空洞的
簑衣

（2015.09　吹鼓吹詩論壇　22號）

18.〔截句〕爆乳一

解構這隆起的情慾
我的視線和事業線甘願
墜落　一湖
死寂泡沫……

原詩

誰，能解構這隆起的情慾？
一點也不難，事業線
自己捲起千堆雪
而我的視線甘願
墜落

一湖萬丈深幽下的

死寂泡沫

（2014.03　野薑花詩刊　第8期）

19. 〔截句〕爆乳二

我貪婪地吸吮

妳汩汩不斷的，愛

怎麼撐不破

飽滿的依戀？

原詩

我貪婪地吸吮

妳的愛

讓我快速成長，無邊壯大

奇怪的是

妳的愛汩汩不斷

又丰甜

怎麼撐不破

我對妳飽滿的

依戀

（2014.03　野薑花詩刊　第8期）

20.〔截句〕齟齬

夢中對話，寂寞
參差不齊來找我修正
剩餘一半自行摩擦
愛，火了窖藏的寂寞。

原詩

你說了一半，寂寞
參差不齊來找我
修正
我們夢中的對話
剩餘一半自行摩擦

如果愛，火了

那絕對是

窖藏的寂寞引燃的。

（2014.09　野薑花詩刊　第10期）

21.〔截句〕沙雕

語言字句既鬆且軟
我善於雕塑你的
愛情風洞
有效期一直　噓噓呼喚

原詩

你的諾言，一波波
湧來

語言字句沒有雜質
既鬆且軟

只屬入一些

鹹鹹的

時間的味道

我善於雕塑你

保存你的諾言

卻聽不出

愛情的

風洞

一直在有效期限內

噓噓　呼喚

（2014.09　野薑花詩刊　第10期）

22.〔截句〕姿態

我可以彎腰、低頭、蹲下
愛的距離如此，我和你
是唯一靈魂深塹裡
爬不出來的，星光。

原詩

我可以蹲下
與你眼中的藍天　等高
白雲臣伏在你腳邊
摩挲我慵懶

貓咪一樣的
寧靜

我可以彎腰
為你拾取松子的
跫音，敲在秋楓上
磕蹦　　磕蹦
磕完半個深秋掌心
你說
你願意用整個冬季
龐大未融的雪影來
憧憬

一整座森林的

幽靜

我更可以　低頭

繞著你這朵

太陽花

直到萬古長夜

漲潮

眾神的祕密星圖

骨碌碌地

——滾動　散　開！

儘管，愛的距離如此

我和你

是唯一靈魂深塹裡

爬升不出來的

星光

（2015.03　野薑花詩刊　第12期）

23.〔截句〕剛剛好

這杯城市的溫度，剛剛好。

我早把祝福攪拌均勻入你口

微笑晨曦握在你手中

甜蜜離去，剛剛好吻別回憶。

原詩

這杯城市的溫度，剛剛好

不必吹涼我的夢

我起身夾起烤好的吐司

咀嚼昨天加班的

微焦激勵

對著鏡子裡的，香水百合
薰成的你，猛猛吸氣

這片玻璃的耳溫，剛剛好
無法拒絕藍天的絮聒
幾管白雲的擠壓
把風景擠成這個友善的城市
最動人的叮嚀

這座拱橋的腋溫，剛剛好
我們不必擔心約會
突然燒起晚霞
幾顆冰鎮的星光

就能速降

失控的漫山螢火

剛剛好，趁你端起

這愛情的杯碟

我早把祝福攪拌均勻

添加一點牛奶似的

黎明，一口喝下我為你準備的

微笑晨曦

之後，我們再吻別

讓美好記憶

剛剛好，握在你的手中

甜蜜離去

（2015.09　野薑花詩刊　第14期）

24.〔截句〕雕

我躲進細節裡
你快速下刀
數十刀雕我今生
再生模樣

原詩

我躲進細節裡
帶著自由的空氣
不佔空間的遐想
抓住一些銳利

眼神如你般

犀利

你很快下刀

第一刀

鑿去我執

第二刀

削掉妄念

慈眉善目在數十刀剖析下

才恢復　本相

我記憶如蔓草

你快刀割除

從我端坐歲月浮屠這檔事

就知你早已

捨棄前塵，吹散往事

雕我今生

神氣活現的

再生模樣

（2015.12　野薑花詩刊　第15期）

25.〔截句〕初衷

你送我的大山闊水
有蜿蜒曲折的青春寫意

卻始終無法將你和月色
打撈　　上岸

原詩

很喜歡看你送我的畫
裡面大山闊水
藏有你黑白寫意的青春
那些蜿蜒曲折的情絲

行到雲深處

迷濛松下童子我

殷殷切切的呼喚聲

春走了，你也一併

帶走了夏秋

留下看山不是山

看水不是水的我

初雪的眼睛

再看一眼

彷彿你雲遊四海的

身影，悄悄沒入

李白詩裡

汪倫的水潭……

我始終無法

用畫筆

將你和月色

重新

打撈　上岸。

（2016.06　野薑花詩刊　第17期）

26.〔截句〕時間的活塞

時間活塞，把鉛字裡的形音義
加壓、變形、延展，使字句滑動自如
詩從宇宙大爆炸中
轟然　誕生。

原詩

你把善良兩字壓低，罪惡
就不反彈了嗎
你將和平兩字鎖緊，暴力
就能空白了嗎

我任性地挑揀腦海

鉛字，時間的金屬格

每個字都有我

脾氣，個性，嗜好和夢想

以及未完成一首詩的

色澤和氣味。

（他們雙雙養在鉛字汽缸裡）

我不停敲打，冶煉，鍛鑄

每一個鉛字的金屬光芒

時間活塞，把鉛字裡的形音義

加壓、變形、延展，更加以

摩擦復摩擦，衝擊再衝擊

鉛字每每躍出腦海，轟然上岸

不畣完成一首詩的

魚龍史，色澤不是爬行狂奔的綠色，而是

飛越時空的

金黃

氣味，使字句滑動自如

流利旋轉美學乾坤，詩一首首

從宇宙大爆炸中

降靈誕生。

（2016.12　野薑花詩刊　第19期）

27.〔截句〕收費站

快速收下我，到你面前
時間戛然而止，我不得不
遞出最後一張
單薄的，霞光。

原詩

我把部分的我，交給你
快速收下我
換得下一段旅程

風景，再次起步
從零開始
沿途看盡數字人生

從車窗穿透出去
想家的心，始終
獵獵生風

到你面前，突然時間
戛然而止我不得不
遞出最後一張

單薄的

霞光

（2014.11　華文現代詩　第3期）

28.〔截句〕風險

悲傷的量，我儲夠了
入口前，你們不在乎
濃郁或清淡只在乎
燙舌鎖喉的，危險。

原詩

我醞釀好久的悲傷
終於，儲夠了量
本想一人一杯
端送在你們凌遲我

的眼前，突然發現

你們並不在乎多寡

濃郁或清淡

只在乎

入口前，有沒有

燙舌

鎖喉的

危險

（2015.05　華文現代詩　第5期）

29.〔截句〕寄居蟹

我造訪空殼鑽探記憶

的寂寞回聲，等一下

歲月退潮看看

有沒有更好更輕的，家。

原詩

我造訪許多空殼

鑽探不少寂寞

回聲，來自你不同

容器的記憶

我想立刻擠進去

扛起你的寂寞

你說，等記憶空了

這只玻璃瓶的

家，就可以輕易

塞給我了

再等一下歲月

退潮

我好走回沙灘

看看有沒有

更好的

更輕的，家。

（2015.08　華文現代詩　第6期）

30.〔截句〕風景明信片，
走過我

把蔚藍射向我

的空曠，沙灘於是開始細數

微薄的涼蔭。唯獨你可以塗鴉

這一尺見方的　風景。

原詩

我知道那種眼神

旅途的意外撞見

島上風光，沙鷗盤旋兩三隻

把蔚藍射向我

的空曠，沙灘於是開始細數
我的蹣跚腳印

我帶來的憂傷太繁重
幾乎壓垮椰子樹下
少少微薄的
涼蔭

直到你船桅出現
翩翩走向此島
浪濤翻湧的，夢戛然而止
夕陽，尾隨你悄悄而來

染紅龜鳥逝去的

孤單背影

我期待這份安然多年

唯獨你可以成就

這一尺見方遼闊的

風景

（2016.05　華文現代詩　第9期）

31.〔截句〕遺珠

結果揭曉刹那前

奮力演繹精采人生

發現自己赫然

僅是被揀選而剩餘的，遺珠。

原詩

你把演技磨得很圓潤

光滑地連黑夜這布幕也

滾動自如

絲毫看不出卡住的

是沮喪的星光或是

蹲踞已久的
晨曦

眾人觀影水平
常隨劇情高估低評
有時眼裡進了砂
磨損一些彩虹亮度
有時眼裡失了雲
遮蔽不了刺人光亮
但是雨還是下
任性地下
心田積滿了或大或小

落寞的

水窪

怎麼也淹不到你

感情的高度

你在高峰俯瞰

芸芸眾生容易自溺

現實泥淖，大口呼吸

與冒泡機會搶爭

一口氣

評審團一口氣吞完

所有視后的　連續集氣

三十到五十集
折磨喜怒哀樂有一定
水準和成績

結果揭曉剎那
心，跳出靈魂界外
豁然發現自己
奮力演繹精采人生
僅是被命運揀選而剩餘的
遺珠。

（2017.02　華文現代詩　第12期）

32.〔截句〕器官捐贈

我的心不肯

落下最後一片楓紅

謝謝你接受我的心眼

我隨著你飄移，樂在天堂裡。

原詩

我的心交給你了

以前會潮紅心跳

現在的你

依然或是遲遲於

季節的嬗遞，不肯
落下最後一片楓紅

我的眼也替你
重新開機
以前的日出與日落
只是人聲與萬籟的
較勁，往往寂寞都是
最大贏家
你因而稱富
現在還是單身的你可能
越來越貧窮了

謝謝你接受我的心眼

讓我隨著你的自在移轉

活在美景中，樂在天堂裡。

（2015.05　葡萄園夏季號　206期）

33.〔截句〕媽寶

你只需要母愛一個擁抱

好幾天樂當國王

在警察面前俯首認罪

讓媽咪帶你回家吃壓驚麵線

原詩

你小心翼翼走進人群

混跡安全生活

時不時高調歌誦母愛

你不知道現實的比喻

往往，比母愛艱澀難懂

你喜歡窗明几淨

亮澄澄的語言

不喜歡語言背後

鋒利的陰影

把你小得不能再小的，心靈位置

切割只剩下

蜜蜂的殘翅

徒留一絲花香

你貪戀平穩的愛情

你會設法鋪平許多大大小小

語言的窟窿，儘管你愛的人

一直挖，一直鑿
樂此不疲的你只需要
一個擁抱
就能夢中旋舞好幾天

你在警察面前俯首
認罪，請通知你媽咪
請她務必記得
立刻帶你回家吃
一碗熱騰騰的，壓驚麵線。

（2015.08　葡萄園詩刊秋季號　207期）

34.〔截句〕膠囊旅館

我們扛起疲憊，蹣跚爬進
小而美的夢幻空間
讓時間梳理我們
初來乍到的，胎生寂寞。

原詩

我們帶著各自巨大的沉默
安頓在此，小而美的夢幻空間
彷彿隨時可以
點燃寂寞，打開陌生話匣

與異鄉人撩撥　追憶的弦
不必擔心流浪漢與我們
共寢呼吸同樣同款的夢
那怕是一點點鏤空的星光
也篩漏不完
鄉愁在此時此刻，苔生。

我們的鄉愁早已一顆顆
寄放有綠色窗臺的
早鳥人家
天亮時，我們記得
餵給奔馳的公車　銷煙

丢進嘈雜的捷運　靜音

至於，推開一片匆忙雜沓

遠離塵囂的風景因為

一路有美，火速擦身而過

我們來不及輪轉啊愛情的，眼睛。

我們扛起疲憊，蹣跚爬進城市

涼夜的囊穴

悄悄抓緊，異鄉在地人文的溫度

反芻給饑寒難耐的，旅途

讓時間霸占我們片刻

去刮，刮掉一些孤獨的

鬢角餘鬚

隔日醒來，還原初來乍到的

寂寞樣貌

（2014.10　秋水詩刊　第161期）

35.〔截句〕超音波

我用小腳頻頻叩問
外面的世界，妳以冰涼塗抹
回答。等十月攻城破曉
高舉我是第一顆太陽。

原詩

我是一團沉靜的黑影
怕光，尤其在妳日漸隆起的
喜悅裡有我
說不出的心悸

我會聆聽妳的笑聲
讓躲藏的期待也躍動起來
更別說是撫摸了
那種摩擦胸懷的循環問候
比時間孵化天空雲彩
還精采緊湊

我也用小腳頻頻叩問
外面有妳的世界
回答以冰涼塗抹妳
透明的喜悅，答案是他
等十月攻城破曉之後

第一個高舉小太陽的

我

（2014.01　喜菡文學網）

36.〔截句〕臨窗寫作

你跟著我的筆去翻記憶的土
文字吸飽溫存的陰影
桌上貪吃的螞蟻正在搬運
你的名字，走出了一條甜跡。

原詩

我把那年艱難的路，寫開了
順便也讓風雨
摧折了一樹青春
地上都是不大不小的，墳

不小心會踢到自己的

紀念碑

我讓日子泥濘你

如花般的嘆息

你跟著我的筆去翻記憶的土

說好不戴鏤空的斗笠

文字才能吸飽

我們溫存的陰影

再靠近一點，再近一點

你會發現桌上

滿滿都是貪吃的螞蟻

正在搬運你的名字，行行列列

走出了一條甜跡

（2014.02　喜菡文學網）

37.〔截句〕中風

我突然不能言語，詩才寫到一半
只能靠半首詩，說一生的話

謝謝你陪我寫風燭殘年
蹣跚舉步，歪嘴斜眼，寫待續的夢言……

原詩

我突然不能言語，詩才寫到一半
那個明天的隱喻早早
埋下了餘燼
怎麼輕揚也飛不出，光的手掌心。

你如何移植我的靈感火苗
去傳遞一種失溫失怙的志業？
我已不能言語，只能靠
半首詩說一生的話

詩，要靠你長期復健了
動一動筋骨，我的句子
更靈活更有彈性
翻一翻身，讓詩正面廣義
背面不再狹義

謝謝你一直陪伴我
的詩，寫到風燭殘年

還可以蹣跚舉步，歪嘴斜眼

一筆一劃，寫

待續的夢言……

（2014.02　喜菡文學網）

38.〔截句〕菸灰缸

就這麼點一下，腥紅的
日子灰滅了

我的夢還架在你身上
直到你把我的夢，撐滅。

原詩

就這麼點一下，腥紅的
日子灰滅了

我的夢一點一點

由白天燒成黑夜

傾吐者早已離席

我的夢還架在

你身上

繼續燒烤　　翻紅

直到你把我的

夢，撐滅。

（2014年　喜菡文學網‧精華作品）

39.〔截句〕充電器

插上時間
耐心等學運放晴

我們有滿格的青春偷偷
潑灑在地

原詩

我和你說話
的距離，只剩
一小格

天氣自動當機
雨，還是可以
觸動人心的黴菌
那菌絲的手比雨腳
有力
能把寂寞扳倒
流出嘩啦嘩啦的
灰色記憶

插上時間
耐心等學運放晴
下一站行政院門口

路過時

我們有滿格的青春

偷偷

潑灑在地

（2014年　喜菡文學網・精華作品）

40.〔截句〕行李

蜜月，在輸送帶上
爆開。火山灰
散落一地，還夾雜一串襲捲記憶的
海嘯聲……

原詩

還有一些蟲鳴鳥叫
花弄月影
都遺忘在旅館了

你只記得帶回
我們的蜜月

在輸送帶上
行李爆開

火山灰
散落一地
還夾雜一串襲捲記憶的
海嘯聲

（2015年　喜菡文學網・精華作品）

忍星截句

臺灣詩學25週年　截句詩系12　PG1919

忍星截句

作　　者／周忍星
責任編輯／林昕平
圖文排版／周妤靜
封面設計／楊廣榕

發 行 人／宋政坤
法律顧問／毛國樑　律師
出版發行／秀威資訊科技股份有限公司
　　　　　114台北市內湖區瑞光路76巷65號1樓
　　　　　電話：+886-2-2796-3638　傳真：+886-2-2796-1377
　　　　　http://www.showwe.com.tw
劃撥帳號／19563868　戶名：秀威資訊科技股份有限公司
　　　　　讀者服務信箱：service@showwe.com.tw
展售門市／國家書店（松江門市）
　　　　　104台北市中山區松江路209號1樓
　　　　　電話：+886-2-2518-0207　傳真：+886-2-2518-0778
網路訂購／秀威網路書店：http://store.showwe.tw
　　　　　國家網路書店：http://www.govbooks.com.tw

2017年11月　BOD一版
定價：320元
版權所有　翻印必究
本書如有缺頁、破損或裝訂錯誤，請寄回更換

國家圖書館出版品預行編目

忍星截句 / 周忍星著. -- 一版. -- 臺北市 : 秀
　威資訊科技, 2017.11
　　面；　公分. -- (截句詩系；12)
　BOD版
　ISBN 978-986-326-474-3(平裝)

851.486　　　　　　　　　　　106017241

讀者回函卡

感謝您購買本書，為提升服務品質，請填妥以下資料，將讀者回函卡直接寄回或傳真本公司，收到您的寶貴意見後，我們會收藏記錄及檢討，謝謝！

如您需要了解本公司最新出版書目、購書優惠或企劃活動，歡迎您上網查詢或下載相關資料：http:// www.showwe.com.tw

您購買的書名：_____

出生日期：_____年_____月_____日

學歷：□高中 (含) 以下　　□大專　　□研究所 (含) 以上

職業：□製造業　□金融業　□資訊業　□軍警　□傳播業　□自由業
　　　□服務業　□公務員　□教職　　□學生　□家管　　□其它_____

購書地點：□網路書店　□實體書店　□書展　□郵購　□贈閱　□其他

您從何得知本書的消息？

　　□網路書店　□實體書店　□網路搜尋　□電子報　□書訊　□雜誌

　　□傳播媒體　□親友推薦　□網站推薦　□部落格　□其他_____

您對本書的評價：(請填代號　1.非常滿意　2.滿意　3.尚可　4.再改進)

　　封面設計____　版面編排____　內容____　文／譯筆____　價格____

讀完書後您覺得：

　　□很有收穫　□有收穫　□收穫不多　□沒收穫

對我們的建議：_____

_____

_____

_____

11466
台北市內湖區瑞光路 76 巷 65 號 1 樓
秀威資訊科技股份有限公司　　收
　　　　　　　　BOD 數位出版事業部

....

（請沿線對折寄回，謝謝！）

姓　　名：＿＿＿＿＿＿＿＿＿　　年齡：＿＿＿＿　　性別：□女　□男

郵遞區號：□□□□□

地　　址：＿＿＿＿＿＿＿＿＿＿＿＿＿＿＿＿＿＿＿＿＿

聯絡電話：(日) ＿＿＿＿＿＿＿＿＿＿　(夜) ＿＿＿＿＿＿＿＿＿＿

E-mail：＿＿＿＿＿＿＿＿＿＿＿＿＿＿＿＿＿＿＿＿＿